مذكرات الطالب هتلر
(مجموعة قصصية)
للكاتب/أحمد دياب

بطاقة الكتاب

اسم الكتاب: مذكرات الطالب هتلر (مجموعة قصصية)

المؤلف: أحمد الحسيني الحسيني دياب

التنسيق والإخراج الفني: سليل الفراعنة

تصميم الغلاف: عبدالرحمن رأفت

المقاس: 14.8×21 (a5)

الطبعة الأولى: 2024

رقم الإيداع: 14906 /2024

الناشر: دار صيد الخاطر للنشر والتوزيع

المدير العام: أحمد فؤاد

للتواصل: 0109 076 7919

العنوان: ميدان الساحة – الدقي – الجيزة

مذكرات الطالب هتلر

(مجموعة قصصية)

للكاتب

أحمد دياب

This is a work of fiction. Similarities to real people, places, or events are entirely coincidental.

مذكرات الطالب هتلر

First edition. 2024.

Written by أحمد دياب.

إهداء

إلى أمي..

الحاجة/ زينب محمد فرح الباز

رحمك الله رحمة واسعة وأسكنك فسيح جناته.

* * *

البداية

تجمع الناس بكثرة وارتفعت الأصوات، جاء أحدهم منفعلًا وأمسك الميكروفون قائلًا: فين العمال؟

كان الصوت متقطعًا فاضطر أن يصرخ في الميكروفون: أين العمال؟

جاء أحدهم من بين الحشود الواقفة وهو يرتدي جلبابًا وعليه أثر الجهد والإرهاق قائلًا: تحت أمرك يا أستاذنا.

فرد الآخر وهو يمسح وجهه بمنديل قائلًا: خرَّج الناس دي بره بسرعة.

فرد عليه الآخر: احنا بننقل المقاعد في الصف الأول، وأنا خرَّجتهم قبل كده وقفلت البوابة، بس همَّ دخلوا بالقوة يا حضرة الناظر.

كان الناظر رجلًا قصيرًا ممتلئ الجسم بعض الشيء وقد امتلأ بالغيظ وسكت لحظة، ثم قال: سأتصل بالشرطة.

وأخرج من جيبه هاتفه النقال وأخذ يتكلم وصوته يعلو ثم ينخفض بين الأصوات الواقفة على رصيف المدرسة ويملأ الطرقات، والتلاميذ واقفون في أرض الطابور يشاهدون الأحداث عن كثب والمعلمون يهنئون بعضهم البعض وينظمون الطلاب الواقفين.

وعلى الجانب الآخر وقف أولياء الأمور عيونهم على الصغار الذين يولدون من جديد في عالم المدرسة مكبلين بالحقيبة الجديدة والملابس المهندمة ما بين فرح ومندهشٍ وباكٍ. ثم يقطع كل تلك الضوضاء صوت واحد يقتَرب رويدًا رويدًا من المكان.

ساد الصمت لبرهة وبدأت الساحة تخلو من جميع أولياء الأمور الذين تجمعوا على جانب واحد، وقفت إحدى سيارات الشرطة ونزل منها أحدهم يحاوطه مجموعة من العساكر.

قابله الناظر مزهوًا بنفسه قائلًا: سيادتك هؤلاء القوم ـ مشيرًا إلى أولياء الأمور ـ يعطلون سير العملية الدراسية.

جاءت إحدى المعلمات مسرعة وهي ترتدي الثياب الفاخرة وعلى رأسها حجاب قد لف بطريقة ملفتة، وعلى صدرها بطاقة مكتوب عليها وزارة التربية والتعليم واسمها والمادة التي تدرسها، ويبدو عليها الثقة.

قالت: الأمر بسيط يا سيادة الأمين النهارده أول يوم دراسة والناظر متوتر شوية، الواقفين دول بيطمنوا على أولادهم وهمَّ قرايبنا وأهلنا.

استشاط الناظر غضبًا وقال: لو سمحت يا أستاذة شوفي شغلك وخليهم يشوفوا شغلهم.

هَمَّ الأمين بالخروج من المدرسة إلا أن الناظر هدده بأنه سيرفع الأمر للوزارة، فأمر العساكر أن تخرج أولياء الأمور ليغلق باب المدرسة.

فقال أحدهم بصوت عالٍ: احنا جايين نطمن على أولادنا.

بينما كان أحدهم يصور كل ما جرى على هاتفه المحمول خلسة ورفعه على صفحة إحدى الجرائد التي تتعطش لعمل ضجة. ونحن في بداية العام الدراسي انصاع أولياء الأمور لأمر الشرطة وخرجوا إلا أن سيارة وقفت ونزل منها أحد الصحفيين وأخذ يسجل بثًا مباشرًا على صفحة الجريدة ويسألهم عما يحدث أمام المدرسة تحت أعين الناظر والشرطة

المذهولين، وإذا بصوت عالٍ يقطع تلك الأحداث لأحد المعلمين:

- يا حضرة الناظر، في طالب أغمى عليه.

جرى الناظر والأمين والجنود واقتحم أولياء الأمور المدرسة كذلك الصحفي وهو على البث المباشر متوجهين إلى الصف الأول الابتدائي، وامتلأت ردهات المدرسة بالجموع المكتظة، بينما بالخارج وصلت سيارات كثيرة لمسؤولين من وزارتي التعليم والداخلية.

يجلس أحدهم أمام التلفاز يشاهد التقرير الذي أعدته إحدى القنوات لما حدث في أحد المدارس في اليوم الأول من العام الدراسي الجديد وقد انتهى من مداخلة مع قناة أخرى قبل قليل، أوضح فيها ما حدث ودافع عن نفسه لأنه قد تم وقفه عن العمل وتحول للتحقيق هو وجميع العاملين بالمدرسة.

* * *

المصلوب

انفض الجمع الغفير وهدأت الأمور لم يبق إلا بضعة أناس قليلون ما زالوا ينظرون إلى الجسد المصلوب

ويتهامسون، يصيح أحدهم لم يمت فيسكته آخر ويبعده عن الجنود الواقفين بالقرب من الحشد يراقبون ما يحدث.

أتقدم بخطى بطيئة نحو المصلوب، يبتسم لي لكن لم يلحظ أحد ذلك.

يقف بيني وبينه بعض الفراشات المشعة التي تغني بأصوات عذبة، ألوانها متناسقة حجمها كبير على غير المعتاد.

اقتربت إحدى الفراشات مني وهمست في أذني قائلة:

-   لا تقلق، سنأخذه إلى الجنة.

أحسست براحة في داخلي وبراح، وخرجت إحدى أمنياتي أمام عيني قائلة:

-   أخبر الفراشات بما تريد.

لم أقدر على الكلام

أتحسس فمي.. التصقت شفتاي في بعضهما البعض

أين أنفي؟

أهذا أنا؟

تحدثني الأمنية: إن لم تخبر الفراشات بما تريد سأخبرها أنا

الفراشات تغير لونها وأصبحت أكبر حجمًا، وطغى عليها اللون البنفسجي وانقضت على الأمنية

تمزقها بكل شراسة، والأمنية تستغيث قائلة:

- ماذا فعلت لكل ذلك؟

تتوقف الفراشات في حركة واحدة وتجيب بصوت واحد:

- وماذا فعلت أنت ليكون مصيرك كمصيره؟

تسيل الدماء من الأمنية وتجيب بصعوبة:

- إنني مجرد أمنية، أراقب المنظر عن كثب وأحاول ألا أتدخل قدر الإمكان، فتذكرت أنني لم آكل منذ

البارحة، فذهبت إلى بيتي المجاور لذلك المكان، فوجدته خاويًا. أغلقت الباب وهممت أن أدعو الله

فانقضت الأمنية عليَّ وتطاردها الفراشات فهرولت مسرعًا إلى الخارج لم أجد أحدًا.

أين المصلوب؟

أين الجند؟

أين الناس؟

قالت الأمنية:

- أتتذكر من أنت أم نسيت!!

ماذا وجدت؟

فمي في مكانه وأنفي أيضًا، لكني لا أذكر إلا حلج القطن وطول قنوتي بالليل وبعض الدمعات الحارقة في بطن الظلمة.

كان النور يشع في جنبات المحراب

كان الشِبلِي يئن كطفل أعمى.

ارتفع صوت الجنيد في حلقته على غير عادته:

لا تفش السر أيها [الحلاج]

لا تخطئ بوضع عينيك في عين الثعبان

كان الجند في بيتي معسكرون يكمنون لي في دكاكين الوراقين

لا أحسن إلا الخلاص
انتصب الرب أمام قلبي فأتم مرادي
كانت يداي تمسك مسبحة حبلي بالنور
التفت أغلال كالورد حولي
مع أول سوط تراقصت طربًا لقبولي في مملكة العز
فرأيت كل شيء ولم يراني إلا هو.
كنت أتخطاهم وهم ينظرون لي
فسبقت الأمنية وأذنت للفراشات بالخروج من الجنة
ليس دمي المسكوب، كان نبيذًا من عند الرب.
أقسم أن ملك الموت كان رقيق الملمس
لم يأتِ بسيفه المصقول كعادته
بل وضع سفينة نوح تحت طوفاني
كان العالم يغرق وأنا الناجي الوحيد.

مذكرات الطالب هتلر

تبعثرت الأوراق في حجرته على غير عادته منذ ثلاث ساعات، وهو يقرأ بشغف نسي الزمان والمكان، انصهر فيما يقرأ فها هو في حي السيدة زينب يرتدي طربوشًا وبدلة تنتمي لتلك الحقبة، يمشي مع بعض الشبان العائدين من المدرسة هم الآن قبالة أحد المقاهي.

بائع الجرائد: اقرأ الحج محمد هتلر اجتاح حصون الإنجليز نهايتهم قربت.

يشتري أحدهم جريدة ويقرأ العناوين للجالسين على المقهى، يتبعها صيحات الفرح والنصر، يعقبها صوت

صفارات الإنذار، يتوجه الجميع إلى القبو يخلو الشارع إلا منه، تأخذه إغفاءة خفيفة.

ما هذا؟

أين أنا؟

لمن هذه الغرفة؟

يعود إلى واقعه

يلملم الأوراق ويرتب أشياءه، يدلف إلى سريره ومعه المذكرات، ينهمك مرة أخرى في القراءة.

ينظر إليها؛ الضفائر على الجانبين، اللبس الأزرق يشبه سماءً صافية، يتبادلان النظرات في سرعة خاطفة،

يفصل بينهما أسرتان تتبادلان الحديث عن أحذية العيد وتطابقها للملابس وأين سيقضيان إجازة العيد.

يخرج من القبو منشرح الصدر يجر رجليه بصعوبة شديدة، وكأنهما ينجذبان إلى القبو. وقف أمام منزلها المقابل للمقهى، تفتح نافذتها يلتقط أحد أنفاسها فيساعده على النهوض والطيران كعصفور تجرفه الرياح ناحية عشه، يصطدم بأبيه المعلم عطوة الجزار على سلم البيت، يحلق طرفي شارب أبيه فيه بقسوة بالغة، تجعله يرتعد خوفًا متعثرًا على وجهه حاملًا غضب أبيه فوق رأسه من السباب وبعض اللطمات التي تشبه ضربات المطارق، فأبوه أحد صبيان المعلم زيدان فتوة المنطقة ومحصل الإتاوات خاب ظنه في ابنه الوحيد من زوجته الثالثة لأنه أفندي وليس فتوة مثله.

استيقظ محمد من نومه بعد عدة ندهات تتقابل مع صوت أذان الفجر.

رتب مذكرات الطالب هتلر وأخفاها في دولابه، ارتدى ملابسه ونزل إلى أسفل. خرج ليفتح المطعم، صوت الراديو يدوي في جنبات المنطقة ناقلًا لصلاة الفجر. أعد كل شيء، وخرج أبوه ليصنع حبات الطعمية اللذيذة التي بذل فيه محمد كل مجهوده في رحى مخصصة لطحن عجين الطعمية يدويًا مما يميز مطعمهم عن سائر مطاعم المنطقة، لكنه هذه المرة كان لا يشعر بتعب.

إذاعة البرنامج العام تدق فيها الساعة السابعة متبوعة بنشرة الأخبار، الرئيس يفتتح مدينة الإنتاج الإعلامي.

يصارع محمد الجموع الواقفة تلهفًا لشراء الطعمية معطيًا لهم ما يريدون بعد شد وجذب الوقت.

أشعة الشمس تلوح في الأفق، الحي بأكمله على قدم وساق لتجهيز أبنائهم لبداية اليوم الدراسي.

يرتدي محمد ملابسه في عجالة سريعة حاملًا حقيبته يعدو إلى مدرسته الثانوية متأخرًا كعادته.

مستريحًا في فصله رامقًا إحداهن بلهفة على غفلة من معلمة الفيزياء منتبهًا إليها في تحفز أثناء الشرح.

الجميع يكتب الدرس وهو كتب غرامياته اليومية على ورقة ومررها لمن بجانبه، الذي مررها بدوره لصف البنات.

حتى وصلت لروحه وملاذه، صاحبة العينين الواسعتين والثغر الباسم والوجنتين المزروعتين، فراولة طابت حتى حد القطاف.

في الفسحة أخبرها عن كنزه ومغامرته ليلة البارحة، فسألته وهل كانت حبيبة الطالب هتلر تشبهني.

أجابها: بل أنت أحلى.

بينما هو منهمك في سرد أحداث تلك الحقبة لها ومعاناة المصريين من الاحتلال، ويبدو على وجهه الأبيض الدائري علامات الجد والانفعال، بينما هي تحدثه عن علاقة الطالب هتلر بحبيبته وكيف انتهت الأحداث.

يهز رأسه بالنفي أنه لم يكمل المذكرات بعد، لكنه يشتاق أن يقرأها على أحر من الجمر.

في المساء كان ضوء المصباح يملأ الغرفة، اضطر محمد إلى الإنزواء في ركن غرفته تاركًا كل شيء منكبًا على المذكرات التي غنمها من بين أوراق لف الطعمية، متلبسًا شخصية الطالب هتلر يجري مع مجموعة

من زملائه بعد اليوم الدراسي وخلفهم بعض الجنود الإنجليز. دخل محمد بيت حبيبته مختبئًا في البدروم هو وأحد الزملاء بينما الآخرون يتبعهم الإنجليز.

هدأت الأمور، أخبره صديقه أن رومل قد اقترب وأن هؤلاء نهايتهم قد اقتربت، ووقف على الباب ينظر يمينًا ويسارًا، ليؤمن الطريق. خرج إلى الشارع فإذا بسيارة الجنود الإنجليز أمامه قد خرجت من المنعطف فجأة بينما صعد محمد إلى الأعلى، جذبه أحدهم إلى الداخل، تحركت السيارة ومعها زميله، أحس محمد بالنوم فذهب كعادته لسريره وفي اليوم التالي قابل حبيبته، تسأله عن قصة الحب المشتعلة،آملة أن تسمع منه بعض عبارات الغزل فيجيبها:

لقد كان في مظاهرة ضد الإنجليز وأمسكوا أحد أصدقائه.

لم يعنيها الأمر بينما ظل واجمًا طوال يومه، تدور في نفسه أسئلة عديدة:

ماذا حدث للطالب هتلر وزملائه؟

ما مصير زميل هتلر الذي أمسكه جنود الاحتلال؟

بعد يوم شاق وتفكير وتحليل انتهي به المطاف إلى صومعته، لم يأبه لامتحان اللغة الفرنسية الذي ينتظره في الصباح ولم يستطع أن يمنع شغفه حتى انكب يقرأ المذكرات، كان بطله قد أخذ القرار وها هو يقف أمام المرآة يريد تحديد شاربه مثل هتلر مخلصهم من المحتل الإنجليزي كما فعل بعض زملائه، لكنه متردد بعض الشيء سمع صوت أبيه فرجع عن قراره، وذهب إلى غرفته ودلف إلى سريره متظاهرًا بالنوم.

في الصباح كانت إذاعة البرنامج العام تتحدث عن انتفاضة فلسطين اختلطت مشاعر محمد وربط ماضيه

بحاضره فقرر أن يفعل شيئًا، فأخبر بعض زملائه عما في خاطره فخرجوا في الفسحة وقد رسموا علم إسرائيل وأشعلوا فيه النار، وانضم إليهم طلبة كُثر ورُفعت لافتات "عاشت فلسطين حرة مستقلة" انضم

معلمون ومعلمات إلى تلك الوقفة التي كانت شرارتها ما حدث لمحمد هتلر وزملائه مع الإنجليز، فقد كان

محمد الانتفاضة يعيش مع محمد هتلر الحدث لحظة بلحظة فما كانت تلك الوقفة الاحتجاجية إلا جسرًا بين الماضي الذي سطرت فيه بطولات عظيمة لا يدري بها أحد، والحاضر الذي تدور فيه ملاحم عن أطفال يحاربون الدبابات بالحجارة.

فهناك دائمًا مستعمر في بلادنا ينبري له شبان يشبهون محمد هتلر، لا يخافون ولا يساومون.

ودَّ محمد و أصحابه لو سافروا إلى فلسطين، وبذل أرواحهم دفاعًا عن إخوانهم العزل الذين يسقون

بدمائهم أرض العروبة علَّها تنبت عربًا يشبهون الأوائل.

ظل محمد يقرأ في مذكرات الطالب هتلر حتى اليوم المنشود الذي غيَّر مسار حياته بأكملها، وبكى متأثرًا وهو يقرأ الفصل الأخير في المذكرات حيث استولى هتلر وبعض زملائه على سلاح لأحد العساكر الإنجليز بعدما نصبوا له كمينًا، ثم ضربوا آخر وهو يترنح ثم واحد تلو الآخر انتقامًا لموت زميلهم الذي مات تحت وطأة التعذيب ليعترف على زملائه.

ظل محمد وأصحابه يسطرون بطولات حتى نصب لهم الإنجليز كمينًا، بعدما وشى بهم خائن

قد تطوع للخيانة وما أكثرهم. انتكست فطرتهم وعاشوا وماتوا في مزابل التاريخ، فرجعوا جميعًا جثثًا إلى ذويهم وانهالت

عليهم التهم في الصحف، لكن هذا لم يمنع أم محمد هتلر من أن تطلق زعروطة النصر قائلة: "أنا أم الشهيد يا أم حسن أنا أم الشهيد".

حتى احتشد الناس جميعًا بما فيهم أبوه المعلم عطوة الذي كان بينه وبين الإنجليز في الماضي مصالح، لكنهم الآن في خصومة. وقف أمام متاريس الاحتلال مع الجميع يستقبلون الطلقات بصدر رحب مستعدين.

عن رضا وقناعة تامة للشهادة في سبيل الوطن لتخرج جموع الشعب في غضب عارم، أكملت خطيبة محمد هتلر المذكرات وما حدث لتقع في النهاية بين يدي محمد، الذي يكمل مسيرة هذا الكفاح فنظم وزملاؤه تظاهرات في العاصمة المصرية هزت أركان الوطن العربي.

تناولتها جميع الصحف حتى وصلوا إلى السفارة الإسرائيلية، وظلوا يرددون الهتافات التي هزت العالم أجمع وأغلقت الشوارع واضطرت الشرطة لتفريق تلك الجموع بالقنابل المسيلة للدموع، إلا أن محمد لم يتحمل دخان القنابل التي أطلقت عليهم وهم يريدون اقتحام مبنى السفارة الإسرائيلية ليلحق بزميله محمد هتلر.

أين تذهب الشمس؟

وقفت تتأملهم بتأنٍ وهم يلعبون كانوا ينشدون إحدى أغنياتهم الطفولية بانتظام ثم يجرون وراء بعضهم البعض وهم يحملون الضحكات البريئة.

يتعثرون في فناء مدرستهم الواسع ويعاودن الكرَّة مرة أخرى، كانت تتأملهم وهم قطفة أولى طازجين، لم يختلطوا بالأيام بعد.

تستعيد المعلمة الثلاثينية التي جلست في جانب من فناء المدرسة، لتشعر بالدفء تحت حرارة الشمس التي تظهر ثم تختفي مرة أخرى ويلح عليها سؤال منذ صغرها:

أين تذهب الشمس؟

ربما لديها مهمة في مكان آخر أو ربما تغطيها بعض السحب العملاقة أو ربما قررت أن تنام أو ربما هي في عالم آخر.

كانت تلك الاعتقادات تستحوذ عليها منذ سن الطفولة حتى الآن، تركن إلى اعتقاد الطفولة وتحب أن تصدقه، اقتربت إحدى العصافير الصغيرة من المعلمة المستغرقة في أحلام طفولتها البريئة قائلة:

- يا أبلة علياء سهام ضربتي.

تسمرت المعلمة في مكانها وهي تحسد تلك البنت الصغيرة على تلك اللحظات.

انصرفت البنت مخافة أن يفوتها نصيبها من اللهو البريء، ولا زالت المعلمة في حالة الحنين إلى سن الثماني سنوات والمريلة والضفائر والجري بفم ممتلئ.

بتلك الضحكات البريئة والذاكرة التي تشبه ذاكرة السمك، ولا تحمل أي ضغينة ولا تستعيد أحد الكلمات المؤلمة على النفس مرارًا وتكرارًا.

بعد انتهاء المواقف مثلما حدث منذ بضع دقائق نشبت بينها وأحد الزملاء مشادة، سمعت بعض الكلمات التي حولت دفة يومها إلى الأسوأ فجلست المعلمة لتشعر بدفء الشمس في هذا اليوم البارد، وهي تحمل ذلك الموقف على كاهلها وقد انتهت من نوبة بكاء في دورة المياه ثم غسلت وجهها، وعدلت خمارها الأخضر المتناسق مع وجهها النحيف الأبيض وعينيها العسليتين.

قررت كعاتها أن تشتكي للشمس ذلك الموقف، إلا أن الأخيرة لم تعطها فرصة للفضفضة، فقد ظهرت لبضع دقائق ثم اختفت مرة أخرى وهي مشغولة بغناء الأطفال في فناء المدرسة.

لاحظت المعلمة اقتراب أحد الزملاء منها معتذرًا لها عما حدث منذ قليل، معللًا أن مرض الضغط العالي والعصبية الشديدة وتدخل زميل لهما في الحوار والفهم الخاطئ هم السبب فيما حدث.

ثم أتبع مازحًا فور رؤيته المعلمة تقبل اعتذاره، وأيضًا زوجتي هي السبب فيما حدث، لأنها أطعمتني مسقعة في وجبة الفطور.

ابتسمت له المعلمة قائلة: لا عليك يا أستاذ، احنا إخوات.

انصرف الزميل لحصته بينما ظلت هي تنتظر الشمس التي ذهبت بلا رجعة، مخلفة وراءها رياحًا تشتد حتى هدأت بعد نزول حبات المطر التي أجبرت المعلمة على الدخول إلى حجرة المعلمات.

كذلك الأطفال الصغار الذين لا يضيعون وقتًا، وبدؤوا يغنون للمطر وهم داخل الفصل قائلين بصوت عالٍ:

"يا مطرة روخي روخي على قرعة بنت أختي"

تردد المعلمة معهم بصوت منخفض وقد ارتاحت تمامًا مما ألم بها.

لكن السؤال الذي يطرح نفسه منذ الطفولة ولم تجد له إجابة شافية:

أين تذهب الشمس؟

* * *

الغراب

ليس من المنطقي أن ينسى العصفور عشه فإن تاه عنه فلن ينسى الشجرة التي اختارها من بين كل الأشجار.

منذ الصباح أراقب ما يحدث من شرفتي كعادتي كل يوم؛ الغراب نعيقه يرن في جنبات الحجرة ومنذ نعومة أظفاري أكره الغربان ولا أدري لماذا؟ ربما لفهمي الخاطئ في طفولتي أن الغراب كان طرفًا في أول جريمة قتل وقعت.

هذا ما كنت أظنه وقتها حتى عرفت الحقيقة، بل واطلعت على دوره البارز في تعليم الإنسان، إخفاء سيئاته وعدم نشرها على الملأ، إلا أن جدتي كانت تحكي لي كيف أن الغراب غافلها أكثر من مرة وأخذ صرة الطعام التي أعدتها لجدي، بل كان يسرق بيض الدجاج من جار جدي في الحقل، كانت طريقة جدتي في سرد الأحداث مبهرة حتى آتت أكلها معي فصرت أحمل كمًّا من السوابق التي فعلها أول غراب، وغراب جدتي وغراب جار جدي في الحقل حتى أيقظني نعيق هذا الغراب مبكرًا، ومعه مجموعة من الغربان.

قد انصرفوا وتركوه وكأنما هم قوات خاصة جاءت في مهمة محددة.

الغريب في الأمر أن الطيور غادرت شجرتي العالية التي تجاورني في الطابق الرابع وأعرفها وتعرفني، فمنذ خروجي على المعاش أصبح من طقوسي الجلوس في شرفتي ومحادثة الشجرة وكل طيورها وسماع بعض المقطوعات الموسيقية المختلفة لكل فنان على حدة.

لا سيما وأنه يجاورها أشجار أخرى قد تناثرت في حديقة المنزل وأحاطها سورٌ عالٍ، ويجانبها زهورٌ وورود من كل

لون وعطر، وكأنهم أطفال كلهم بجوار أمهم، شجرتي العالية الأصوات في الصباح لها

صدى، لأن البيت في أطراف المدينة وخالٍ إلا من الخادم الذي يأتي يوميًا في وقت الضحى، ويذهب في وقت الغسق وتعاونه زوجته التي تأتي بعد الظهيرة وتذهب معه فكان لزامًا عليَّ أن أجد أصدقاء، أحاورهم وأتكلم معهم بما يدور في خلدي، وأحكي لهم عن أولادي المغتربين بعيدًا عني في أقاصي الأرض وهم يعرفون زوجتي جيدًا، فقد كانوا شغلها الشاغل في الآونة الأخيرة من عمرها وكأنها أرادت ترك أصدقاء لي فاهتمت بالحديقة وما فيها.

تأخر الخادم هذا اليوم والعصفور ما زال مصرًا إلى الذهاب إلى عشه، ولا أدري أتاه عن وطنه أم أن هذا الغراب يخيفه؟ بطريقة ما جاء الخادم أخيرًا أخبرني بصوته الأجش أن الفطور سيكون جاهزًا بعد ربع ساعة، ولا أدري حلًا لتلك المشكلة إلا أن أستسلم للواقع الجديد وأرضى بهذا الساكن.

فما عساي أن أفعل فالظهر محني والعظم يكاد يحملني لولا عصاي التي أتوكأ عليها.

أخيرًا حطَّ العصفور على الشجرة بامتعاض شديد، ويبدو أنه انصاع لأوامر الغراب ورضي بالواقع الجديد وها هم بقية السكان يعودون على مضض بعد أن سلموا قيادتهم للغراب.

معه ملائكة

يعلم من يقرأ، ومن لا يقرأ لا يخطئ أبدًا.

يتسلل من خلف تلاميذ الصف الثالث الإبتدائي الأزهري الذين يرتلون القرآن بصوتٍ عالٍ مع بعضهم البعض في نفس واحد، وهو يتربص لمن شذَّ عن المجموعة وها هو ينقض على أحد فرائسه غارزًا أصبعيه السبابة والإبهام في ظهره أسفل رقبته مباشرة مفجرًا صرخة مدوية.

ليست كجميع الصرخات والتأوهات التي يسمعها من تلاميذه، فغالبها تكون مكتومة مصحوبة بصوتٍ متأوه لشدة تلك الانقضاضة إلا هذا الطالب الذي رفع صوته بطريقة مزعجة جدًا جعلت جميع التلاميذ يقرؤون وهم يخفون ضحكاتهم الصغيرة، تراجع الشيخ عبد الله جالسًا على كرسيه مواجهًا تلاميذه الذين يقرؤون غير مبالين بصوت النشاز الذي يصدره زميلهم بصوت عالٍ وبطريقة دراماتيكية، لكن يبدو أنه عاد بالنفع على الجميع فلقد جلس الشيخ على كرسيه على غير عادته.

السبورة خالية إلا من البسملة، وعلى طرفيها التاريخ الميلادي واحد نوفمبر الموافق سنة ألف وتسعمائة وثمانية وثمانين، والهجري الموافق 22 ربيع الأول 1409هـ

قام الشيخ وتقدم نحو السبورة، تحسس موضع الطباشير، ناوله أحد التلاميذ إياه ولأول مرة يكتب بخط كبير "قرآن كريم".

انبهر جميع التلاميذ وهم يداومون على التلاوة، ينظرون في انبهار متسائلين كيف فعلها، حتى أن الباكي سكت وهو يشاهد هذا المشهد الذي لم يره أبدًا.

دخل أحد المعلمين يكلم الشيخ، بينما التلاميذ يتجادلون فيما بينهم وانقسموا إلى فريقين؛ فريق يرى كل شيء، وفريق لا يرى.

إلا زميلهم المتسبب فيما حدث، قال:

- معاه ملايكة هما اللي بيكتبوا، أمي قالت لي إن الملايكة بيمشوا معاه وبياخدوا إيده وبيساعدوه.

انصاع جميع التلاميذ الصغار لهذا الرأي، أن شيخهم معه ملائكة يوجهونه أينما ذهب ويساعدوه فيما يفعل.

انصرف المعلم ورجع التلاميذ للقراءة مرة أخرى، مسلطين أنظارهم على شيخهم الذي علا صوته بالقراءة معهم على نفس النسق.

أشار أحد التلاميذ إلى يمين الشيخ فالتفت جميع التلاميذ إليه وهم يقرؤون مستفسرين عن تلك الإشارة حتى سمعوا صوت جرس انتهاء الحصة بصوت الهون النحاسي الكبير بطريقة يدوية يعرفها التلاميذ جميعهم.

انصرف الشيخ فالتف التلاميذ حول زميلهم الذي أقسم بجميع الأيمان الصغيرة البريئة.

أنه رأى أحد الملائكة وهو يساعد الشيخ ويمسكه من يده وكان لونه أبيض وشكله جميل وأنه أخذ بيد الشيخ وخرج من الفصل.

الحبيب

نعم رأيته في المنام يرتدي عباءة بيضاء وله لحية بيضاء وابتسم لي.

وما شكل عينيه؟

واسعتان شديدتا البياض وشديدتا السواد.

وما شكل الأنف؟

طويل.

وكيف عرفت أنه هو؟

عرفته لما رأيته.

وكيف حدث ذلك؟

كنت متوضأ أقرأ القرآن ونمت.

أحس المعلم بخيبة أمل شديدة وكأن أحدًا صفعه على وجهه، وبدأ قلبه في الخفقان واغرورقت عيناه في الدموع حسرة على نفسه، لقد اختار هذا الولد ذا الأحد عشر عامًا الذي يشبه الحليب ويعاني من نحافة ظاهرة وكأنه عود قصب.

قبض المعلم الأربعيني على لحيته وأشاح بوجهه ناحية السبورة، بعد وقع هذا الخبر عليه نسي كل شيء، كان يتمنى أن يراه منذ أعوام نفذ كل التعليمات. سأل العلماء والوعاظ والمجذوبين وأهل الخطوة، وجرب جميع الوصفات التي قرأها من بطون الكتب ولم ير شيئًا تذكر رؤيته البارحة وهو يغوص في نهر صغير يمسك سمكتين كبيرتين في الحجم ويصعد بهما إلى الشاطئ وهو منتشٍ، وكيف أنه قص على زوجته رؤياه، وبشرته أن السمك في الرؤى خيرًا كثيرًا.

بدأ يتفقد رؤية السمك في المنام لابن سيرين مفسر الأحلام الشهير وغيره، واغتبط بما رآه حتى جاءته

تلك الصدمة وهو يشرح درس اللغة العربية عن تدوير النفايات الإلكترونية وخطرها على البيئة، فباغته ذلك الطالب برفع يده والصمت يعم المكان.

ظن المعلم أنه يريد أن يذهب لقضاء حاجته، أو قفزت في رأسه فكرة تتعلق بالدرس أو أي شيء آخر لكن ليس ما سمعه. اندهش المعلم من كلام الصغير، وأخذت نفسه تطرح عليه عدة أسئلة، ما الذي جعل هذا الولد يقص علينا رؤياه في منتصف الشرح؟

هل الرسالة موجهة لك أنت؟

ربما كان الولد مأمورًا أن ينقل لك تلك الرسالة، فأنت لم تره سوى مرتين منذ زمن بعيد.

الغريب أنك إذا رأيته مرة يتعلق قلبك به ولا تنس رؤياك أبدًا، وتكاد تقصها متفاخرًا لكل من تعرفه.

تتذكر المكان الذي نمت فيه، تتفنن في تكرار النومة لعلك تراه مرة أخرى، تصلي ركعتين بنية رؤية النبي ـ صلى الله عليه وسلم ـ ثم تجلس تصلي عليه حتى تنام آملًا أن يتكرر المشهد يتذكر المعلم

أنه ما زال في الفصل يلملم شتات نفسه، يبلع غصته وبصوت منخفض يحكي للتلاميذ ما حدث مع زميلهم آمرًا الجميع أن يصفق له، وأن يصلوا جميعًا على النبي عشر مرات.

وأكمل درسه لدقيقتين قبل أن ينفجر جرس الفسحة.

* * *

البنت الصغرى

جلس الأب وعائلته الصغيرة التي تتكون من ثلاث بنات أكبرهم في الشهادة الابتدائية ملتفين حول المائدة

ينتاولون وجبة الغداء، وكعادتهم يشاهدون التلفاز، كانوا شبه مندمجين لذاك المشهد حيث عرضت إحدى القنوات الإخبارية تقريرًا عن حادثة غرق مؤلمة لأسر بأكملها، وأب قد غرق تاركًا بقية الأسرة وأم تبحث عن أولادها، وقد أنهكها البكاء على أحد الشواطئ حيث اجتمعت سيارات الشرطة وسيارات الإسعاف والحماية المدنية وغيرها.

الأم أرادت أن تغير القناة

البنت الصغرى متأثرة رفضت

انتبه الجميع لها.

لماذا تريد ابنة الصف الأول الابتدائي أن تشاهد تلك المناظر.

سألتها أختها المتوسطة قائلة:

هل تريدين مشاهدة الكرتون؟

أجابت بالنفي وبدت عليها علامات التأثر الشديد، ثم نظرت إلى أبيها قائلة:

في بنت هناك يا بابا قدي ومش معاها حد.

أخفى الأب دموعه متصنعًا ابتسامة حزينة قائلًا:

- أسرتها غرقت في البحر.

قالت الصغيرة:

- هُمَّ كانوا بيصيفوا زينا.

نفى الأب ذلك والأم تؤكد ذلك حفاظًا على شعور ابنتها المتأثرة التي لم تأبه لأمها قط، موجِّهة نظرها على أبيها الذي شرح لابنته الصغرى حقيقة الموقف قائلًا:

- بنيتي، هؤلاء الناس مثلنا، كان لهم منازل وكانوا يذهبون إلى مدارسهم، مثلنا ويذهبون في عطلاتهم

إلى البحر مثلنا، ويضحكون بصوتٍ عال مثلنا، لكن الحرب خطفت منهم الضحكات الصغيرة، ولماذا الحرب يا أبي؟

- تسألين لماذا الحرب؟

من أجل الحرية

ومن أجل العدل

ومن أجل...

عفوًا بنيتي فهذا ما كنت

أظنه، والحقيقة أنها حرب من أجل السلطة

من أجل المال ومن أجل فرض الرأي بالقوة.

سكت الأب للحظات وهو يتفحص زوجته وبناته

متأثرًا بما يقول ويحمد الله في أعماقه أنه ليس في ذاك الموقف

وأنه في بيته وبين أسرته، متذكرًا بكاءه منذ سنوات وهو يشاهد أحداث مشابهة تحدث في مصر لشباب يموتون في عمر الزهور، وجنود خرجت جنازتهم في حشود مهيبة ثم انتبه قائلًا:

- عذرًا بنيتي أعلم أنك لا تفهمين ما أقول.

فاجأته الصغيرة: بل أفهم يا أبي، بس ليه العالم مبيقفش معاهم؟

ليه الناس مش بتساعدهم؟

الأب: لأن العالم ظالم ولا يساعد الضعفاء، لكني أؤكد لك أن الناس الذين شاهدتيهم على شاشة التلفاز يحملون أولادهم ويجلسون في العراء كان لهم وطن.

كان الجميع قد انتهى من طعامه الذي ظل كما هو بسبب هذا المشهد بينما أمسك الأب ريموت التلفاز على قناة الأطفال حيث صعد القط توم على ارتفاع شاهق يبحث عن الفأر جيري الذي فاجأه بمطرقة حديدية على رأسه في مشهد مضحك للطفلة الصغيرة التي اندمجت في المشهد بكل جوارحها مقبلة على التلفاز وهي ضاحكة مستبشرة.

التلميذ النائم

يقرأ التلاميذ بصوت جماعي والمعلم منهمك في كتابة الدرس على السبورة يصحح لهم سماعًا نطق الكلمات، ثم يأمرهم أن يكرروا ما أخطؤوا في نطقه، كل هذا وهو مشغول بكتابة آيات القرآن الكريم بخط جميل مشكلًا الآيات بلون أحمر وكأن السبورة صفحة من المصحف والتلاميذ منهمكون في قراءة ما تم حفظه سابقًا.

انتهى المعلم الذي كان يرتدي قفطانًا أسود وعمة بيضاء ومن الوسط

حمراء، ووجهه قمحي باسم الثغر طويل القامة، يبدو عليه علامات الصلاح يلتفت إلى التلاميذ آمرًا إياهم بالسكوت، ثم بدأ بتلاوة الآيات بصوت ملائكي.

شد انتباه جميع التلاميذ وبدأ يتغلل إلى أفئدتهم الصغيرة التي لم تتعد اثني عشر عامًا.

يرتل المعلم وكأنه نبي الله داود وكأن التلاميذ طيور تردد وراءه من حلاوة الصوت، وكأنه مشهد في الجنة ما هذه الموسيقى الربانية؟

ماهذا السلام الذي أجبر عيون الصغار أن تذرف الدمع؟

إلا أن تلميذًا أدار ظهره لتلك الجنة وهذا المشهد، وغط في نوم عميق بصوت شخير أخل بتلك اللوحة الملائكية، وظهر جليًا عند انتهاء المعلم من التلاوة، الذي أحس بإهانة شديدة حين سمع شخير تلميذ في آخر الصف، سادت لحظات صمت في الفصل.

اتجهت عيون التلاميذ والمعلم ناحية الصوت، رأس مستدير ملتف حوله يدين بيضاويتين وفم خرج منه البصاق على طاولة المقعد. انطلق المعلم ناحيته محركًا إياه دون جدوى، كان التلميذ منسجمًا في النوم يحلم.

فقد نطق بعض العبارات مثل (العب يلا باصي) (مفيش بصل)

في هذه الأثناء قاطع هذا المشهد صوت طرقات على باب الفصل، أمر المعلم أحد التلاميذ أن يفتح الفصل. دخل أحدهم كان يرتدي بدلة بكرافتة، يعرفه جميع التلاميذ الذين امتثلوا قيامًا له بأمر من معلمهم الذي بدأ يشتكي من التلميذ الذي حوَّل الفصل إلى حجرة نوم.

أحضر المعلم دفتر تحضيره للمدير واستمر التلاميذ بترديد الدرس خلف أحدهم ممسكًا العصا، ولا زال التلميذ نائمًا. انشغل المعلم مع التلاميذ وتسلل المدير إلى التلميذ الذي استفاق برفق لم يعهده بعينين حمراوين وبصاق على جانب شفتيه.

أعطاه المدير منديلًا ليمسح به البصاق وأخذه وانصرف من الفصل. كان يمشي مجررًا رجليه.

يكاد يقع من على السلالم لولا أن المدير أمسكه جيدًا حتى انتهى بهما المطاف إلى غرفة الأخصائية تاركًا إياه مخبرًا خبره إليها في بضع كلمات.

كانت الأخصائية تعرفه جيدًا لأن أمه كانت تأتيه من آنٍ لآخر لتراه وتمده بما لذ وطاب من الطعام، وبعض المال على مدار السنوات الماضية لأنه يعيش مع والده بعيدًا عنها منذ نعومة أظفاره.

قالت له الأخصائية:

أنت بتسهر في المطعم مع أبوك؟

أجابها بنعم وأقوم قبل الفجر لأجهز عجينة الطعمية، أنا اللي بفرم العجينة في الحجر، سألته الأخصائية: ما هو الحجر؟

يصف له التلميذ الحجر على أنه مستطيل مصنوع من كتلة حجرية مجوف من الداخل، ضيق من الأسفل، واسع من الأعلى، له عمود حديدي ثقيل لطحن الفول والخضروات والبصل والثوم ليصبح عجينة طعمية.

كانت تتفقد ملامحه البريئة وهو يشرح لها ما هو الحجر وكيف أن ذراعه يؤلمه، فيبدل على ذراعه الآخر فباغتتها عيناها بالدموع، وهي تتذكر ابنها الذي في مثل سنه الذي يتمرد على السندوتشات اللانشون والجبنة الرومي، ويريد زيادة في المصروف، جففت دموعها وربطت على كتف التلميذ وفتحت درج مكتبها وأعطتها حبة شيكولاته.

مد التلميذ يده على استحياء وأخذها منها بعدما شعر بشفقتها عليه، واطمأن قلبه لها.

قطع المدير هذا المشهد فلقد كان باب الغرفة مفتوحًا سائلًا إياها:

عرفتي مشكلته؟

هزت الأخصائية رأسها الملفوف في طرحه زرقاء لوجه أبيض كالحليب وعينين ضيقتين تمتد الطرحة على الصدر العريض الذي يصطدم بالمكتب.

تبدو عليها علامات الحزن، وبنبرة صارمة قالت:

- ابعت حد من العمال لأبوه.

هزَّ المدير رأسه بنعم، ونادى أحد العمال مكلفًا إياه بألا يرجع إلا ومعه ولي أمر الطالب.

أمرت الأخصائية الطالب أن يصعد إلى فصله بعد أن يذهب إلى دورة المياه ليغسل وجهه ويتابع يومه الدراسي.

* * *

قرصة قلب

كانت تصف خروجه البارحة ليس كأي يوم كان يبدو عليه علامات القلق والتوتر، تتذكر أنها رأته يتمم على حقيبته أكثر من المعتاد وبالأخص كتاب الدراسات الاجتماعية، ثم ينشغل في مادة أخرى ثم يرجع ثانية إلى كتاب الدراسات الاجتماعية متفقدًا نفس الصفحة.

ولم تبال به كانت مشغولة بما ستبيعه في السوق غدًا، صمتت للحظة ثم أكدت أنّ في الصباح بدا شاحبًا ولم يكن يريد الذهاب إلى المدرسة، ثم تنفجر الأرملة الثلانية بالبكاء بحرارة شديدة وتمسح دموعها بطرحتها السمراء.

وجهها الملطخ بالآسى والحسرة مكملة أنا السبب: يا سعادة الباشا فلقد كنت مصرة على ذهابه إلى المدرسة.

ودعها وقبل رأسها ويدها ولا زلت تتذكر نظرته الأخيرة لها.

كان الذي يطرح عليها السؤال تبدو عليه علامات الصرامة والحدة في بداية الأمر، ثم أصبح وجهه تدريجيًا يمتلئ بنظرة المواساة، يعتدل في جلسته على كرسيه العريض وجسمه النحيف يكاد لا يتماشى مع هذا الكرسي يطرح عليها سؤالًا: هل كان بينه وبين الجاني أي مشكلة من قبل؟

تجفف المرأة الريفية دموعها وتحاول أن تتمالك نفسها مجيبةً إياه:

- لأ هي مرة واحدة من سنتين، قلي الأستاذ/ طلعت بيدي درس وكل زمايلي بيروحوا بس أنا مش محتاج درس احنا أولى بالفلوس أنا وإخواتي.

قلت له إن كانت الفلوس مشكلة متحملش هم، قلي لأ يا أما أنا بعرف أذاكر المادة دي.

كان حاسس بيا وعارف إني بلف في الأسواق عشانه هو وأخواته البنات، أخته الكبيرة في الجامعة والتانية في الدبلوم والتالتة في الإعدادي، أبوهم سابهم كوم لحم ربنا يرحمه.

وبعد وصلة نحيب تكاد روحها تخرج وهي تتكلم.

بدت على وجه الشاب الأربعيني علامات التأثر باحمرار جبينه الأبيض واختباء بعض الدمعات على حواف بياض عينيه الخضرواتين.

أخرج منديلًا من جيب بدلته الفاخرة ليخفي به تلك المشاعر التي قلما يشعر بها لكثرة ما يرد عليه في العمل من تلك القضايا وأخذ يواسي الست حتى خرجت وأخرج تليفونه المحمول وأوصى أحدهم بصرف معاش شهري لتلك السيدة رأفة بها.

كان بجواره كاتب يدون كل ما قالته السيدة.

انهال بسيل من الدعوات بالخير والبركة وطولة العمر للباشا لما رآه من حسن خلقه، ثم استأذنه ليبشر السيدة بالخارج التي لم تأبه بتلك البشرى نظرًا للمصاب الذي ألم بها وأخذت تدعو بضعة دعوات فاترة للباشا الذي أمر بدخول الجاني.

تغير وجه السائل وبانت عليه الحدة والعبوس، لكن سرعان ما عاد لطبيعته متذكرًا أنه جهة لتحقيق العدالة فنظر بضعة نظرات خاطفة للمتهم الماثل أمامه والتي لم تثبت عليه أي تهمة حتى الآن، وبادره بالسؤال:

لماذا قتلت الطالب عمر؟

كان المسئول يستجمع قواه ويحاول ألا تبدو عليه علامات الخوف وأجاب بثقة:

لم أقتل أحدًا ولم أكن لأقتل أحدًا، وما دمت سأدفع الفاتورة وحدي سأقول كل شيء ولن أخاف، أنا مدرس منذ عشرين عامًا عند ستة أولاد ما بين متزوجة ومتعلم وزوجة وأب وأم، راتبي لا يكفيني لآخر الشهر. سلكت المسلك المتاح؛ الدروس الخصوصية.

يعلم الله أني لم أخل يومًا بأداء واجبي كمعلم في مدرسة حكومية ويمكنك أن تتحرى عن الأمر، إذن ما السبب في قتل عمر؟

السيستم العام قتله، فلم أكن لأفرط قيد أنملة فيما وصلت إليه من طريقة لكسب لقمة العيش.

كان عمر نابغة ولا أنكر ذلك ولن ينقص من رزقي شيء بسبب طالب.

أما أن يشرح هو لأغلب زملائه ويحرضهم على عدم المجيء إلى الدرس ويستجيب له الكثير، ثم يذهب البعض منهم لزملائي الأقل مني خبرة بسببه، فأصبح الأمر مسألة حياة أو موت.

إذن تعترف بجريمتك، فقد مات بين يدك كما قال الشهود؟

لم أكن لأقتله هو أو غيره فأنا أب وكل الطلبة بمثابة أولاد لي، لكن عمر بدأ يطرح عليَّ بعض الأسئلة التي تقلل من شأني أمام زملائه، وحذرته وهناك مذكرة مع مدير المدرسة تثبت ما أقول.

كان الأستاذ الخمسيني بدا واثقًا من نفسه، يرتدي بنطالًا أسود وقميصًا زيتي اللون وحذاءً أسود، وعلت مقدمة رأسه بعض الشعيرات البيضاء.

نظر إليه السائل بامتعاض قائلًا وأين الرحمة؟

وأين التربية؟ وأين الاحتواء؟ ألم يكن بإمكانك أن تكون أبًا لهذا اليتيم بدلًا من أن تكون ندًا له إلا لم تكن قتلته، إذن ما الذي حدث؟

بدأ القلق يتسرب إلى قلب الأستاذ/ طلعت، مدرس الدراسات الاجتماعية وأصبح وجهه قاتمًا، كأنما دعي إلى الموت وتغيرت نبرته، وخرت قواه وتساقطت الكلمات من فمه بصعوبة بالغة يسمع صوتًا داخله "الأمر على غير ما ذكر لي المحامي"

ثم انتبه قائلًا:

كنت أمر على الواجبات المدرسية وقد انتهيت من التصحيح لعمر، وذهبت لأصحح لزميله في المقعد المجاور فلمحته يستهزئ بي من وراء ظهري أمام زملائه، فقرصته كما أفعل كل مرة حين يفيض بي الكيل.

ثم ماذا؟

لم يحرك ساكنًا من بعدها.

قررنا نحن وكيل النائب العام حبس المتهم أربعة أيام على ذمة التحقيق لحين ورود تقرير الطبيب الشرعي

* * *

الحصة الأخيرة

التلاميذ تعلو أصواتهم وهم ينقلون ما تم كتابته على السبورة دون شرح، هناك في آخر الفصل معركة دائرة بين طرفين عنيدين، وفي المنتصف تبكي إحدى التلميذات، بينما تواسيها أخرى وهي تنظر إلى ذات الضفائر المميزة بتوعد، بإشارة من يدها تتنبئ عن أنها في مأزق بعد نهاية الحصة الأخيرة.

في مقدمة الفصل تجلس الأستاذة هانم على الكرسي في لامبالاة وقد سرحت، ولا يشغل بالها إلا الكلمة التي نزلت على مسامعها كالصاعقة في صباح اليوم وهي تحضر وجبة الفطور لأولادها الأربعة وزوجها الخمسيني الذي تغير حاله منذ عدة أيام أصبح مهتمًا بنفسه على غير العادة، فالصبغة السوداء غطت الشعرات البيضاء المتناثرة في مقدمة رأسه، قابعة على الجانب الأيسر لشاربه والمرتب تقلص إلى نصفه.

وبعض الملابس التي أحيلت إلى المعاش في دولابه نُدبت إلى الخدمة من جديد، لم يلاحظ الأولاد شيئًا، فهم عادة لا يأكلون سوى بعض اللقيمات ويخرجون مبكرًا جدًا مع أصدقائهم للمدرسة بمراحلها المختلفة.

بينما هي في حيرة من أمرها مما حدث لها منذ عدة شهور، حيث اضطرت لإجراء عملية جراحية وإزالة الرحم، ورغم طمأنة زوجها لها وقطعه عدة وعود مغلظة أنه لا يريد بناتًا ولا أولادًا، رغم أنه كان ينتظر أن تحمل زوجته في بنت لأنه حرم من أخت، فليس له إلا أخوة وكان يتمنى أن يكون له بنت، وكان في انتظار الخبر السعيد إلا أن الرياح أتت بما لا تشتهيه سفنه، لكنه أظهر مواساة وصبرًا وجلدًا في وقتها مما جعلها تستعيد نشاطها وأنوثتها في وقت قصير على غير

العادة، إلا أنها لاحظت الأمر جيدًا في ليلة الخميس الموعودة تلك الليلة التي تبعث في نفس الأستاذة هانم ذات الاثنين والثلاثين عامًا ذكريات الخطوبة والحب والتهاب المشاعر، وانتظار مكالمة بعد نوم الأهل من الحبيب الذي يعمل في شمال سيناء في إحدى شركات التعدين، وقد عين حديثًا وهو ابن خالتها والحبيب الأول والأخير حتى قال لها وهي تضع أدوات تبرجها وتضع العطر الذي يحبه دومًا.

[مفيش تغيير،غيري.. انظرى لزميلاتك شوفي الدنيا]

فردت عليه كعادة أغلب النساء وعايرته بأشياء لا يحب أن يسمعها، فتركها ونام مع الأولاد، ومضى عطلته خارج المنزل.

وفي هذا الصباح المشؤوم وهما يختلسان النظر لبعضهما البعض ويتأهبان لقول شيء، همت بالاعتذار له وتطييب خاطره وإلقاء اللوم على نفسها إلا أنه بادرها قائلًا بكل جرأة ودون أي تردد:

- أنا هتجوز وهتعيش معايا هناك جانب عملي.

هي تنظر مفجوعة وهو يكمل:

- أنا حبيت أعرفك عشان متتفاجئيش.

وأخذ حقيبته وانصرف ذاهبًا لعمله.

لم تستطع الكلام من بعدها ولم تشعر بنفسها إلا وهي في عملها وطلبت تأخير حصصها، فكان من نصيبها الحصة الأخيرة.

* * *

صداقة قديمة

منذ ثلاثة أعوام وهو حبيس الهم والحزن فلا يضحك مهما تطلب الأمر، يخرج من بيته الذي أصبح كل ركن فيه مثل سياط تجلده حتى يخرج ذاهبًا إلى عمله في إحدى الشركات الخاصة، جالسًا على مكتبه وكأنه دمية تعيد نفس الكلام كل يوم، ولا يفارقه ذاك الخاطر أبدًا بأن ينتحر ليقابل أحبابه الذين فقدهم في حادث سير وهم راجعون من إحدى الرحلات، ولِم ينج إلا هو وكان السائق ابنه الأكبر الذي تعلم القيادة حديثًا وأصر على القيادة، ووافق الجميع إلا هو الناجي الوحيد الذي لم يفرح بنجاته، يهاجمه الشعر الأبيض منذ الحادث.

فشل في الانتحار أكثر من مرة، أحس بالجبن حتى تشبَّع فأصبح يهاب الأصوات العالية والاختلاط بالناس وانقطع عن العالم حتى عصر اليوم، انتبه لأحدهم وهو يصلح أحد الإطارات في سيارته الذي فجأه قال:

- أستاذ هاني جرجس حنا.

فانتبه بشدة له وبدأ يتفرس فيه، فاجأه قائلًا:

مدرسة الشرابية الإعدادية، الشرطة المدرسية، مش فاكر البودي جارد بتاعك؟

كان العامل قوي البنية ممتلئًا بعض الشيء، طويلًا وله كرش بسيط، يبحث هاني في ذاكرته التي لم يشغلها منذ ثلاثة أعوام إلا في مشهد انقلاب السيارة وصورة ابنته الصغيرة التي تصرخ "بابا" حتى غاب عن الوعي ثم تذكر الرجل وأنه كان كظله في الفصل بل في المدرسة، وخارج المدرسة وتذكره بعد أن يئس الرجل في تعريفه بنفسه وأصلح الإطار وقال بصوت كله صرامة بعد خيبة الأمل: تمام يا باشا.

فقال هاني: إيه يا سيد؟! أنت زعلت مني.

انفرجت أسارير سيد وعلت البسمة وجهه، وفرت الدمعة من عينيه وأقبل كلاهما يحضن الآخر إلا أن هاني تفاجأ من بكاء سيد بين يديه بحرارة شديدة لفتت نظره فسأله عن سبب بكائه.

بعد أن هدأ أخرج من جيبه صورة لشاب في ريعان شبابه مفتول العضلات مسدل الشعر بعينين خضراوين وملابس مهندمة وقال:

- ده ابني سميته هاني على اسمك، وكان نفسه يقابلك ويشوفك.
- هاني؟! طب ما احنا فيها أقابله واقعد معاه.

سيد منفجرًا في البكاء:

مينفعش، طلع عند ربنا مات في عرض البحر، كان حلمه يسافر بره.

انتابت هاني قشعريرة في جسده واحتضن سيد وربت على ظهره مهدئًا، ووعده أن يتقابلا قريبًا بعد إعطائه رقم تليفونه ومبلغًا من المال رفض سيد أخذه فتركه على المكتب وانصرف.

ركب سيارته وانفجر في البكاء ولأول مرة في حياته منذ ثلاثة أعوام يشعر بالشوارع والطرقات والناس وكل شيء، وأحس بعاطفة تجاه صديقه القديم الذي تفاجأ به لكن سرعان ما نسي هذا المشهد ودخل بيته وجرس التليفون المنزلي يقتحم الصمت الذي مكث في البيت منذ ثلاث سنوات:

- ألو.. مين؟ سيد مين؟
- أنت لحقت تنساني
- أيوا سيد حبيبي.

- حضرتك نسيت تليفونك المحمول هنا، وبضرب على حضرتك من زمان جبت الرقم من على الكارت أجيب لحضرتك التليفون فين؟

ألو ألو ألو

- أيوا معاك، هاجيلك بكره بعد الشغل.

بعد إنهاء المحادثة شعر هاني لأول مرة أن هناك شيئًا يفكر فيه غير لوم نفسه على ما حدث لأسرته.

* * *

مكتب

يتحسس وجهه في الظلام يرى الدخان المتصاعد

إلى بصيص النور الخافت يسمع صوت غطيط النوم

يصدع رأسه مع صوت خرير الماء الذي لا يتوقف تنطبع صورة أحدهم في مخيلته، تطارده الصورة لذاك الرجل طويل القامة وهو ينظر إليه باحتقار قائلًا:

- لمَّا أنت مدرس إيه اللي مقعدك مع الشمام ده، بتشرب بانجو معاه ده أنا هافضح أمك وهافصلك من شغلك.

كانت الكلمات تنزل عليه كالصواعق المرسلة، كان يتشبث بعكازه ويطأطئ رأسه ولا ينبس ببنت شفة، تدور في نفسه أسئلة:

هل أحلم وهذا كابوس؟

من هذا الرجل صاحب الزي العسكري الذي يرعد يُزبِد وترتعد منه فرائصي؟

أكل هذا بسبب مكتب؟

هل أخطأت حين التقيت بزميل دراستي القديم الذي يعمل نجارًا لأكلفه بعمل مكتب لي؟

يباغتني أحدهم بالضرب بعد إشارة صاحب الزي العسكري له، لأنكب على وجهي بعكازي ليتحول وجهي للوحة لأحد الرسامين المبتدئين.

يأمره أن يأخذني من أمامه، فأجلس في غرفة ضيقة. رائحة العفن والموت يفوحان منها، يتكتل فيها بضعة رجال، بعضهم يدخنون السجائر والآخرون يغطون في نومٍ عميق وكأنهم

مسافرون على ظهر مركب غير شرعي إلى دول أوروبا كما نراهم في الأخبار.

تُرى ما هذا الانسجام المطلق؟

كيف استطاعوا النوم في هذه الفوضى المطلقة؟

صوت خطوات تقترب شيئًا فشيئًا.

يُفتح الباب يأخذني أحدهم بعد وصلة تأنيب

إلى أين؟

هاتمضي على المحضر وتروح.

يتسلل شعور من الأمل داخلي وأتذكر زوجتي الحامل الذي لا تعلم أين أنا وفصلي وطلابي، ثم أُصدم بواقعي وأنا أمسك قلمًا لأمضي على مذكرة، وقد اتُهم فيه زميلي النجار الذي كان يجلس معي على أحد مقاهي بلدتنا أنه تاجر مخدرات، وقد عُثر معه على ثلاث لفافات وزن الواحدة كيلو ونصف من نبات البانجو ونصف قرش حشيش وسلاح ناري ومطواة قرن غزال، وأن أتذكر جيدًا أنه كان خالي اليدين إلا من قلم في أذنه ومتر يعلقه في حزامه بحكم عمله في النجارة.

خاطبني أحدهم: امضي وروَّح نام في بيتك.

قلت له: هذا لم يحدث.

قال: إذن أنتما مشتركان في كل هذا.

قلت له: افعل ما تشاء.

أعادني إلى تلك الحجرة المظلمة بعد وصلة تهديد ووعيد وسب وقذف.

لم أنم تلك الليلة، فقد كان صديقي النجار يئن تحت وطأة التعذيب في غرفة مجاورة، وقبيل الفجر جروه إلى غرفتي المظلمة.

سألته ما السبب فقال:

عشان يجاملوا أمين شرطة جاري عمل معايا مشاكل بسبب ورشة النجارة وعاوز يقفلها لي.

وأردف: بس أنا مش هاسكت وهاوصل الأمر

لوزير الداخلية "حبيب العادلي" أو لرئيس الجمهورية "حسني مبارك"

أشفقت عليه لكثرة تأوهاته وطمأنته أنني لم أمضِ على شيء، لكنه قال لي:

- هيئذوك معايا.

فقلت له: ربك مطلع وشايف.

صلينا الفجر ودعونا الله أن يفرج عنا ما نحن فيه، وأخذتني سنة من النوم.

دخل علينا صاحب الزي العسكري وهو يحمل ثعابين كثيرة، وأمرها أن تلدغنا في كل مكان، وقبل أن تقترب منا سمعت صوت ناي حزين، فالتفت الثعابين حول صاحب الزى العسكري وانقضت عليه.

فانتبهت من نومي على أحدهم وهو يضع الحديد في يدينا أنا وزميلي النجار لنعرض على النيابة.

أوصلتنا عربة الشرطة إلى المحكمة، كان الجميع ينظر إلينا لأن عكازاتي تثير الجلبة ونادرًا ما يتكرر مشهد رجل مبتور

القدمين يمشي بقدم صناعي وعكازين وله لحية طويلة ويجر بتلك الطريقة المهينة.

وكل ما يشغل بالي في تلك اللحظات ألا يراني أحد يعرفني، وخصوصًا من الطلاب أو أولياء أمورهم.

وصلنا أمام أحد الأبواب، دخل العسكري الموجود وخرج ودخلت أنا وزميلي وأمين الشرطة، أمر وكيل النائب العام بفك الحديد من يدي وأجلسني وأمر لى بكوب ماء وشاي، وحكيت له القصة بأكملها فأمر بإخلاء سبيلي أنا وزميلي النجار من سرايا النيابة، وصرفت النظر عن فكرة مكتب لي.

* * *

سيارة حسن

يجلس على مكتبه وقد تعب من عناء السفر بالسيارة

كل صباح المسافة الطويلة ليست مشكلة التعديلات التي تتعرض لبعض الأعطال، لا تغضبه حتى ولو زادت

عن الحد كل ما يشغله تلك التعليقات التي يسمعها كل صباح من أصحاب السيارات بجميع أنواعها من الرجال والنساء والأطفال، كما يتفنن أصحاب الدراجات البخارية في تفقد الوضع باللمس تارة وبطرح الأسئلة تارة أخرى مثل:

منذ متى تضع تلك الألواح فوق ظهر السيارة؟

ما المسافة التي تقطعها السيارة معتمدة على تلك الألواح؟

لماذا ليس لها عادم كبقية السيارات؟

أين يذهب الحرق؟

هل هي مكلفة؟

كان على حسن الموظف بإدارة الجوزات في محافظة القاهرة أن يجيب على جميع الأسئلة المطروحة، وأن يتحمل سخافات المتطفلين القابعين على رف الرتابة، الساكنين في بيوت السماجة مثل تلك التي تباغته وهو متوقف في منتصف طريق عمومى في وسط القاهرة ليري ما سبب العطل.

وكانت فتاة عشرينية تركب في سيارة أجرة وقد صُبغت بألوان قوس قزح قائلة:

- دي ممكن تشوي عليها فراخ.

لينفجر جميع الركاب ضحكًا، وهو رابط الجأش يتصبب عرقًا في بداية يوم من أيام شهر يونيو واضعًا كعادته ابتسامة على وجهه القمحي النحيف المُزين بلحية خفيفة جدًا، ولا يعير انتباهه لذلك السائق الذي يمطره بوابل من الشتائم بسبب تعطل الطريق بسببه، فالمسافة من الجيزة إلى مكان عمله ليست بالهينة.

كان في الماضي يقطعها بدراجة بخارية، وحاول أن يجرب تلك الألواح، لكن كل تلك المحاولات باءت بالفشل.

ينهمك حسن في مكتبه بختم بعض أوراق وثائق السفر وإعطاء الأوراق لزميله الآخر، كما يفعل كل صباح ليمررها هو الآخر، وهكذا لكن تركيز حسن في هذا الصباح كان منصبًا على تغيير دائرة شحن البطارية التي تعمل بالطاقة الشمسية في سيارته، لأنها تلفت ويسأل زميله عن مكان في (الحرفيين) يبيع تلك الدوائر.

فيجيبه كالعادة: ممكن تلاقيها وممكن لا، لكن اذهب هناك واسأل.

يسمعهما زميل آخر فيعلق كعادته:

اشتري حمار يا حسن يشدها أحسن.

متبعًا تعليقه بابتسامة قائلًا:

اوعى تزعل، والله بلطف معاك.

يتبرم وجه حسن المنهمك في الأوراق التي أمامه متذكرًا وصلة التوبيخ التي تعرض لها من زوجته الأربعينية في هذا الصباح لأنه كسر الوديعة البنكية أمس ليشتري ألوحًا جديدة من محل في حدائق القبة، أخبره إياه جاره علي الذي يعمل سائقًا في وزارة البيئة، ويطلعه على كل جديد بل يحكي تجربته لأحد المهندسين المهتمين بالطاقة البديلة، وبالفعل ذهب معه لمقابلة حسن ورؤية ابتكاره الفريد وإعجابه الشديد بما فعل ونصحه أن يسجل براءة اختراع، وبالفعل سجل حسن ابتكاره، وهو سيارة تعمل بالطاقة الشمسية، لكن المهندس لم يف بوعده له بتعميم تجربته وتكريمه وانتهى الأمر بالتسجيل مع أحد الصحفيين على أحد مواقع التواصل الاجتماعي، وعدة تعليقات من عامة الناس.

وما زال ينتظر الدعم إلى الآن، حتى جاءته مكالمة غيرت مجري حياته

- ألو.. البشمهندس حسن معايا؟
- نعم.. معاك.
- معاك سكرتير وزير البيئة.
- حسن متلعثمًا أؤمرني يا باشا.
- الساعة التاسعة صباحًا تتشرفنا لأن سيادة الوزير سيقابلك.

كانت الليلة الماضية وخيمة على حسن فلقد قضى كل وقته في مرأبه الصغير منذ أكثر من ثلاث ساعات، يبحث عن سبب العطل حتى وجده، وفي صباح اليوم التالي قص رؤيته على

زوجته عن مكالمة سكرتير وزير البيئة، فتفاجأ أنها على علم بكسرهِ للوديعة البنكية منذ يومين، ودار نقاش بينهما في هذا الصباح تركت زوجته على إثره المنزل.

....

"كمل المشوار وربنا يعينك"

قال حموه وهو يضع أشياء ابنته في سيارة زوجها التي انطلقت بعد أن ودعت الرجل الستيني الذي يعيش بمفرده في حى السيدة زينب بعد إصرار حسن الذهاب لبيته على غير رغبة حميه.

تجلس زوجة حسن بجواره دون أن تتنبس ببنت شفة متذكرةً والدها ووصلة التوبيخ الممتدة عن تركها منزلها وعدم تشجيعها لزوجها.

تفاجأت الزوجة بتوقف السيارة في وسط القاهرة في طابور طويل من السيارات الواقفة، سأل حسن أحد المارة عن سبب تلك العطلة فأجاب على عجالة من أمره:

- مفيش بنزين وكل دول مستنين البنزين من امبارح.

أدار حسن مقود السيارة ودخل في شارع جانبي، وزوجته تراقبه في دهشة فليس من عادته أن يقود بتهور حتى صعد على أحد الجسور وكان خاليًا من السيارات، وفي هذا التوقيت يكون ممتلئًا بالسيارات، فتوقف على جانب الطريق على غير عادته ونزل، فتبعته زوجته فنظرا معًا إلى الأسفل، فإذا السيارات قد تكدست في الشوارع وارتفعت الأصوات وكثر اللغط وتواجد رجال الشرطة بكثرة، فضحك حسن ونظر إلى زوجته قائلًا:

- لقد حذرت المسئولين من مثل هذا اليوم لكن لم يسمع لي أحد.

أرأيتِ لو لم تُحل هذه المشكلة ستنتشر الفوضى، وركبا السيارة وهما يتبادلان نظرات الإعجاب والرضا.

***

كرسي غير متحرك

الجميع مندهشون، الفناء محط أنظارهم، الشرفات امتلأت في الدورين الثاني والثالث لمشاهدة ذلك الحدث الذي لم يشاهدوه من قبل المدرسين والطلاب، والعمال في الدور الأرضي تركوا حصصهم وأعمالهم والناظر والوكيل كلهم يتابعون مباراة كرة قدم حامية الوطيس لفريقين من الصف الأول الثانوي كان صوت أحدهم يدوي في جنبات الملعب ليلهب حماس فريقه الذي كان متأخرًا بهدفين قبل أن ينضم إليهم ويتعادلوا في الوقت القاتل ويمتد وقت المباراة لشوط إضافي ويتطوع أحد المدرسين ليحكم المباراة وتعلو صيحات التشجيع لحارس المرمي الذي يزمجر كالأسد الذي يحمى عرينه:

- أحمد.. أحمد!

كان الجميع يشجعه بحماس منقطع النظير بجوار المرمى كرسي متحرك منذ قليل قيد حركته في مهمته الجديدة فانفصل عنه كفريسة تخلصت من فخها، فجلس على الأرض في منتصف المرمى يصد الكرة ببراعة لم يأبه.

برجليه اللتين فقدهم منذ سنتين في حادثة قطار لم يخف من نظرات الجميع الذين لم يشاهدوه قبل اليوم إلا منزويًا على كرسيه المتحرك، لا ينفصلان عن بعضهما البعض، وجهه شارد دائمًا تعلوه مسحة حزن يرونه اليوم. وهو يحمس زملائه الذين رأوه يذب عن مرماه وقد لطمته إحدى الكرات على وجهه الأبيض تاركة احمرارًا يشبه شفتاه الحمراوتين واتسخت ملابسه.

فانتفضوا جميعًا ولعبوا كما لم يلعبوا من قبل وأثمرت جهودهم عن تعادل النتيجة حتى شجعهم الناظر والعمال والمدرسين لما رأوا من بسالة أحمد وإصراره على الفوز.

أشعل فيهم جميعًا روح الإصرار والعزيمة، همس الوكيل في أذن الناظر قائلًا:

- لازم نكرم الطالب دا.

الناظر: طبعًا أنا بعد أما شفته خفيت والله، ونسيت السكر الحمد لله.

تعالت الأصوات حتى خرج بعض الأهالي من الشرفات يشاهدون سبب هذه الجلبة لما سمعوه من صيحات الجميع لا سيما أن منتخب مصر قد حصل على البطولة الإفريقية منذ فترة قليلة ولا زال صدى الاحتفالات في جميع قرى ونجوع مصر بأكملها، ولا زالت جميع القنوات التليفزيونية تذيع لحظات الفوز مع الأغاني الوطنية ولحظة رفع الكأس وتكريم اللاعبين من رئيس الجمهورية، وتمنى غالبية آباء وأمهات المصريين أن يكون أولادهم ممن يكرمهم الرئيس وتغدق عليهم الدولة المكافآت والهدايا.

وقد وصل أحمد الأمس باليوم باعثًا هذا الشعور في نفس كل من يرى هذا المشهد الذي كان فتر في نفوس البعض.

ذلك الطالب في المرحلة الثانوية الذي يعاني من قسوة حياته وانفصال والديه وفقد رجليه في حادثة مؤلمة، لكنه مُصر على الانتصار ولا يقبل بالهزيمة.

ربما تركت بعض الأغاني الحماسية أثرًا في نفسه، أو ربما أراد أن يخرس ألسنة بعض الطلاب المشاغبين الذين يضايقوه

بنظراتهم أو بكلماتهم التي تذبحه من الداخل مثل "رجليك راحت فين" أو "يا أعرج" أو بعض الضحكات لمجرد رؤيته.

أو أنه يصب جام غضبه ومشاعره على دنياه المؤلمة في تحدٍ منقطع النظير.

وفجأة يصمت الجميع وتتعالى صيحات الاستهجان بتبرُّم!!

ضربة جزاء على فريق أحمد المُصر على التصدي لها رافضًا أن يخرج من مرماه أحد أعضاء الفريق، يعترض بشدة ويريد أن يخرجه من المرمي متصديًا لركلة الجزاء لخبرته في ذلك، كعادتهم في اللعب يتصدى من له تجربة في صد ركلات الجزاء، لكن بقية أعضاء الفريق منعوه مستسلمين لإرادة زميلهم الذي تسمر في مرماه رافضًا كل محاولات الخروج.

يتوجه أحد المعلمين لأحمد محاولًا إقناعه ترك زميله ليتصدى لها لكنه عند رأيه، وهنا يستعد أحرف لاعب في الفريق الآخر متأهبًا لركل الكرة، لم يرجع إلى الوراء استهتارًا بأحمد واستعراضًا أمام المشاهدين بثقة منقطعة النظير.

يطلق الحكم صفارته، يسود الصمت المكان للحظات ثم تتعالى الصيحات لقد صدها أحمد بصدره وأعطى الكرة لزملائه الذين استغلوا حالة اليأس والإحباط في الفريق الآخر وتأنيبهم لزميلهم الذي ضيَّع هدف الانتصار، وأحرزوا هدف الفوز وذهبوا جميعًا إلى أحمد وحملوه على أعناقهم وشجعهم الجميع، بينما ظل الكرسي بجوار المرمى غير متحرك.

اللوحة

تدلت على الحائط متشبثة بكل ما تملك من قوة خوفًا من مصير زميلاتها اللاتي فقدن التوازن وأمسين على ظهر أحد المكاتب يفترسهن التراب وهن مغمومات.

من يومها كانت زميلة أخرى في نفس المصير، حتى احتاجها معلم التاريخ فبحث عنها حتى وجدها بصعوبة وقد تغيرت ملامحها فداهمتها الشيخوخة على حين غفلة، وترك الوقت عدة ندبات عليها فاضطر المعلم للقيام بعملية تجميل بعد التنظيف المتقن والترميم المستمر من جميع الجوانب، حتى أعادها إلى مكانها الأصلي وما إن جاءت حتى حذرت الجميع من هذا المصير البشع الذي ينتظرنهن إذا لم يتشبثن بكل قوة على الحائط.

وكان مما قالته أن بعد الوقوع تفقد أهميتك بنسبة تسعة وتسعين في المائة مهما كان قدرك، وتحكي عن حاملات القرآن الكريم اللاتي بكين دهورًا ولم ينصفهن أحد، بل تعدى أحدهم على واحدة منهن وقطعها وجعلها ممسكة تقيه حرارة النار وهو ينزل الإناء من على النار، ثم رمى بقية الأشلاء في سلة المهملات وهي تصرخ قائلة:

- أنا أحمل كتاب الله لكنه كان أصمَّ وأبكم، وطمس على عينيه ولم ير قول الله [ولا تحسبن الله غافلًا]

مع أنه كان بارزًا أمام الجميع، استمرت اللوحة في الصمود بكل ما تملك، تدور بينها وبين الرياح معركة شرسة، فإذا جاءت من الغرب فهي تريد قلعها من مكانها والقضاء عليها، بل وصل الأمر إلى التمزيق دون أن ترق لصرخاتها وطلبها

النجدة من كل عابر، حتى أن اللوحات الأخريات بكين من أجلها مرارًا وتكرارًا.

وإذا جاءت الرياح من الشرق ردتها إلى مكانها وشدت من أزرها وساعدتها على الصمود، وأطلقت بعض العبارات الحماسية التشجيعية: مثل أنت تحملين حديث النبي ـ محمد صلى الله عليه وسلم ـ من درس اللغة العربية وتنشرين العلم وتبلغين الدعوة وتذودين عن العلم ولغة القرآن، اصمدي.

تنبه أحد التلاميذ للوحة فأمسك طرفها المنزلق من على الحائط وأراد تثبيت قدميها إلا أن جرس الفسحة خطفه فتركها تعاني ولم يبال بتوسلاتها حتى أضناها البكاء فنامت، فرأت فيما يرى النائم غلمانًا كأمثال اللؤلؤ المكنون ينظرون إليها وهي معلقة على قصر منيف ويقف أمامها رجل ذو لحية بيضاء وجه مشرق باسم الثغر وهو يشير إليها بيديه ليبدأ في درسه والأطفال يرددون من ورائه، تغير لونها حتى صارت مثل الشمس من غير حرارة وبرزت الكلمات عليها وكأنهم كتل من المسك، ورأت في الجانب المقابل زميلتها التي قتلها العامل تزف، وعليها تاج من زبرجد وينثر عليها الدر والياقوت حتى شعرت بتنميلة خفيفة، ثم هزة عنيفة فتحت عينيها بعد أن جذبها أحدهم على الأرض ثم جاء الآخر فمزقها.

عم حلمي

لا مانع من إشعال سيجارة مع كوب الشاي.

تدور تلك الكلمات في خاطر عم حلمي الذي جاء مبكرًا إلى المدرسة قبل سطوع شمس يوليو الحارقة وبمفرده، دون أن ينتظر أحدًا.

قام بتنظيف المدرسة بالكامل، وغسلها وكأنها بيته. تُرى ما هذا التفاني المطلق؟

رجل أوشك أن يخرج على المعاش بعد بضعة أيام وتحاوطه مشاكل مرضية وأسرية ومادية، فمنذ أيام احتاج ليغير أسنانه بالكامل ووضع له طبيب الأسنان خطة تدريجية لذلك، والغريب، لم يبد عليه علامات التأثر بذلك ورغم بلوغه الستين يكون أنشط عامل بالمدرسة ولا يبالي إلا بإتقان عمله.

ينفخ دخان سيجارته وهو يحدث أحد زملائه الذي تفاجأ مما فعله عم حلمي، وهو يعلم كم الهموم التي تتعلق به ولا تتركه، فيسأله عن المبلغ المالي الذي أراده ليدفع مصاريف أصغر أبنائه للدخول إلى المعهد الهندسي، فيجيبه عم حلمي بكل أريحية:

والله لسه ما دبرتش المبلغ بس أنا سايبها لله، اللي عايزه ربنا هو اللي هيكون، بس موضوع البت اتحل الحمدلله، امبارح عملنا قعدة كبيرة وروحت مع جوزها.

تفاجأ عم حلمي وصديقه بسيارة سوداء فارهة تقف أمام باب المدرسة ونزل منها شخصان مهمان.

قام عم حلمي في خفة شاب عشريني لاستقبالهما وأدخلهما إلى حجرة المدير الذي لم يحضر بعد، أراد أحدهما دفتر الحضور والانصراف فأحضره عم حلمي من على مكتب مديرة الشؤون

الإدارية التي لم تحضر هي الأخرى، ثم أمر زميله أن يشتري فطورًا وحاجة ساقعة، ثم قال لهما بطريقة ماكرة:

- أنا عندي مشكلة وربنا بعتكم ليًا النهارده.

تفاجأ الضيفان ونظرا إليه باستخفاف فهو مجرد عامل والعمال لا يتكلمون في مثل هذه المواقف، لكنه أردف قائلًا:

- أنا هاطلع على المعاش بعد ثلاثة أسابيع وكنت عاوز أمد سنة ولّا اتنين بس رفضوا، وأنا والله لو طلعت على المعاش ومجيتش المدرسة كل يوم الصبح هاموت.

كان يقول بصدق وعفوية والاثنان ينظران إليه بدهشة ثم قال أحدهم وكان يرتدي بدلة سوداء وكرافتة:

- دا المفروض تفرح دا أنت هاتستريح.

عم حلمي:

- راحتي في أكل عيشي يا سعادة الباشا.

تدخل الضيف الثاني قائلًا:

- عندك أرض زراعية؟

فرد:

- لا والله ما عندي إلا صحتي.

كانت بعض أسنانه شديدة الصفرة والبعض الآخر قد تساقط، والضيفان يلاحظان ذلك، في هذه الأثناء دخل العامل الآخر وقد أحضر فطورًا شهيًا وضعه عم حلمي أمامهما وحلف عليهما أن يفطرا وأغلظ في اليمين وأتبعه بالطلاق، فما كان من الضيفين إلا أن لبّيا دعوته، وجلسا لتناول الفطور، وفي

ثوانٍ معدودة كان المدير والمدرسون والإداريون قد توافدوا على المدرسة واحدًا تلو الآخر.

أحضر عم حلمي الشاي لهما واعتذر الجميع عن التأخير للضيفين اللذين أعجبا بتفاني عم حلمي في عمله وبدأ الاثنان في وصلة توبيخ لكل أفراد المدرسة ثم أتبعاها بقولهما:

- عشان الراجل الطيب دا، كله يجي يمضي.

وأكملا عملهما وانصرفا، ولا زالت الابتسامة على وجه عم حلمي لم تفارقه، وكأن شيئًا لم يحدث.

* * *

المربي الفاضل

تفاجأ بتلك الزيارة يسلمون عليه بحرارة شديدة، يتفحص وجوههم ويسترجع ذاكرته التي لم تسعفه، يذكرونه بهم، قال أحدهم أطولهم ويبدو أنه أشجعهم، وكان أسمر البشرة:

- ألا تتذكرني يا أستاذ، أنا محمود، فصل رابعة أول.

وأشار إلى فصله وأخذ يسرد أحداثًا يتذكرها بالتفصيل وكأنها البارحة، كان مندهشًا وفرحًا بتلك الزيارة لم تمح تلك السنوات الخمسة عشر، هذه الذكريات كان يضربهم إذا أخطؤوا ويدنيهم إذا تفوقوا، كان دائمًا ما يقول لهم الأخلاق أولًا.

ذكروه بأحدهم الممتلئ، يبدو أنه ترك التعليم قائلين له:

- احنا لسه فاكرين يا أستاذ لما حضرتك اكتشفت إنه سرق أقلامنا من حقائبنا واحنا في حصة الألعاب، وأنت اللي اكتشفت إنه الفاعل.

لكنك لم تشأ أن تسيء إليه وقلت لنا أنه أمسك بالفاعل وأخذ منه الأقلام، ونسبت السرقة لأحد الأولاد المشاغبين الذي جاء لأخذ أخيه الصغير، واخترعت لنا اسمًا.

كان يتفرس في وجوههم النضرة المشرقة ويتأملهم وهو يحمد الله في خاطره قبل أن يخاطبه أحدهم.

- لم تسألنا كيف عرفنا أنه الفاعل؟

المعلم:

- من؟
- أشرف زميلنا.
- ومن أخبركم، ليس هو.

بإصرار ينظرون إلى بعضهم البعض وهم يشعرون بعظمة معلمهم الذي ما زال يريد تبرئة زميلهم فقالوا له:

- أتدرى من الذي أخبرنا؟

فقال لهم: من؟

أجاب أحدهم:

- هو من أخبرنا.

انتبه لهم المعلم قائلًا:

- ومتى أخبركم؟

أحضر أحد عمال المدرسة الشاى لهم مرحبًا ومسلمًا عليهم، ومذكرًا المعلم الذي كان يجلس على كرسي متحرك ممتلئ الجسم علا رأسه الشيب، وجهه دائري ذو لحية كثة وعينين واسعتين، وقد تذكر بعض الأحداث القليلة، فلقد مر عليه تلاميذ كثر إلا أن هذه الدفعة كانت تمتلئ بالمواهب والمواقف التربوية على مدار حياته التعليمية، قال أحدهم:

- أين ذهبت يا أستاذي؟

فانتبه قائلًا:

- معكم؟

فقالوا: كنا راكبين مع سواق لسانه طويل فتعرف علينا، وأقسم ألا يأخذ منا أجرة وذكرنا بنفسه ولم نتذكره إلا بك يا معلمنا.

اندهش المعلم قائلًا:

- كيف ذلك؟

فقالوا له:

- ذكرنا بواقعة السرقة وأنك اكتشفت أنه السارق ولكنك اتفقت معه أن يقول أنه أمسك بالسارق وضربه

وأظهرته بطلًا أمامنا، وأنه حامي الفصل وأصبح من بعدها مسؤولًا عن جميع أغراضنا، وصرنا نترك حقائبنا مفتوحة من بعدها ولا نخشى شيئًا. لقد تذكرناك يا معلمنا واشتقنا لرؤيتك.

وأخذوا يقبلون رأسه ويبكون، والمعلم يقول لهم:

- من أخبركم الخبر؟

قال أحدهم:

- أشرف، الذي كان خير عون لك.

قال المعلم:

- إنه ولدي الذي لم أنجبه، كذلك أنتم.

وسكت لبرهة وهو يخفي دمعة فاجأته ثم قال:

- أنا بخير وآتي إلى عملي ولم يغلبني المرض بعد.

وقفت إحدى سيارات الأجرة أمام المدرسة ونزل أحدهم وسلم على الحاضرين، وقبّل رأس المعلم وأمسك بمقبض الكرسي

نبذة عن الكاتب

- أحمد الحسيني الحسيني دياب
- ليسانس دعوة إسلامية ـ شعبة عامة ـ جامعة الأزهر بالقاهرة
- دبلومة في التربية ـ كلية التربية بجامعة الأزهر
- معلم أول مواد شرعية بالأزهر الشريف
- من مواليد كفر سعد البلد ـ محافظة دمياط
- مقيم في ميت العز مركز ميت غمر محافظة الدقهلية
- صدر له مجموعة قصصية بعنوان (جدال) عن دار لوتس للنشر الحر
- مسرحية بعنوان (زايد الخير) للمسرح المدرسي بالشارقة بدولة الإمارات
- له ديوان عامية تحت الطبع بعنوان "مدد"

Facebook :

Tiktok:

X :

واتساب/ 01062217132

الفهرس

* * *